YUELIANG
SHANGXIAN
YUELIANG
XIAXIAN

亮上弦 月亮下弦

王宏超　著

郑州大学出版社

图书在版编目(CIP)数据

月亮上弦月亮下弦 / 王宏超著. — 郑州：郑州大学出版社，2020.11(2024.7 重印)

ISBN 978-7-5645-7197-9

Ⅰ. ①月… Ⅱ. ①王… Ⅲ. ①诗集－中国－当代

Ⅳ. ①I227

中国版本图书馆 CIP 数据核字(2020)第 155005 号

月亮上弦月亮下弦
YUELIANG SHANGXIAN YUELIANG XIAXIAN

策划编辑	王卫疆	封面设计	苏永生
责任编辑	白金玉	版式设计	苏永生
责任校对	胥丽光	责任监制	李瑞卿

出版发行	郑州大学出版社	地　址	郑州市大学路40号(450052)
出版人	孙保营	网　址	http://www.zzup.cn
经　销	全国新华书店	发行电话	0371-66966070
印　刷	永清县晔盛亚胶印有限公司		
开　本	890 mm×1 240 mm　1 / 32		
印　张	6	字　数	70 千字
版　次	2020 年 11 月第 1 版	印　次	2024 年 7 月第 2 次印刷

书　号	ISBN 978-7-5645-7197-9	定　价	89.00 元

本书如有印装质量问题,请与本社联系调换。

诗人立足大地，遥望星云。视太阳月亮和星星为父母、兄妹，视人类生命与大自然生命为同根、同源。

《我家住在地球上》《星星拼成图》……处处闪耀着亲情、友情与爱情的光芒，处处蕴藏着生存、发展与环境的理念。诗人爱月亮，月亮爱诗人。"想月亮，月亮出现"。"想诗人，诗人出现"。月亮/美丽多情的姑娘/偏偏爱上/黑夜情郎《月亮》。诗人曾在前言中写道："诗歌等于大自然等于生命，诗歌是人类最完美的思想境界与大自然最完美的思想境界的最完美融合"。

地球难道仅仅是我们栖居之所吗？我们的精神家园何在？如何才能诗意的栖居？诗人的诗歌回答了这些问题。

许昌学院文学院教授　王　焱

目录

我家住在地球上

我家住在地球上，
太阳月亮和星星宛如家人。

我家住在地球上，
我爱家乡的太阳月亮和星星。

月亮上弦，月亮下弦

月亮上弦，月亮下弦。
月亮有头，星星有尾。
太阳太阳，飞向哪里？

月亮有头，星星有尾。
是月亮压弯了星星？
还是星星压弯了月亮？

月亮弯弯，月亮上弦。
月亮弯弯，月亮下弦。
月亮弯弯，弯在天边。
月亮弯弯，弯在人间。

月亮上弦，月亮下弦。
迎着太阳，迎着爱人。

月亮上弦，月亮下弦。
追着太阳，追着爱人。

月亮上弦，月亮下弦。
抱着星星，抱着爱人。

月亮上弦，月亮下弦。
背着星星，背着爱人。

月亮上弦，月亮下弦。
月亮犹如太阳的一张弓，
地球犹如太阳的一支箭。

月亮上弦，月亮下弦。
月亮犹如太阳的一艘船，
地球犹如太阳的一支桨。

我想看星星

我想看星星，星星像流沙。
我想数星星，星星把眼眨。

星星啊，星星，
你是宇宙最好看的花。
你是宇宙最美好的种。

人生犹如一只苹果

人生犹如一只苹果。

犹如一只青涩的苹果，

犹如一只红润的苹果。

人生犹如一只蝴蝶。

犹如一只彩色的蝴蝶，

犹如一只梦幻的蝴蝶。

星星拼成图

星星拼成图，月亮拼成画。

一回又一回，图画像风车。

月亮像座山，星星向上爬。

山中一条路，星星排成排。

星星像座山，月亮向上爬。

山中一条路，月亮累弯腰。

月亮仰起头，路有千万条。

月亮俯下身，风往山上吹。

云在脚下飞，影在山中摇。

人向山上喊，也想向上爬。

思想的云，精致的毛

一

人生多平凡，每逢惊险事。
望月月出现，望星星追赶。

二

抬头看日出，回头望明月。
日月在心里，昼夜转不停。

三

春风一身轻，春花一身香。
梦里雪花红，梦里雪花白。

四

明月上西楼，西楼望长安。

长安花似锦，长安花看人。

五

雁叫一两声，蛙鸣一大片。

驻足仰天望，只有满天星。

六

一年又一年，年年不相见。

一年又一年，年年望长安。

七

太阳像盏灯，挂在云之上。

月亮像条鱼，游在天之海。

八

庄稼金灿灿，星星亮晶晶。

不知谁来过，带走哪朵云？

九

天地都在忙，风吹风又散。

昼夜影子长，落在身后边。

十

月亮那样红，月亮那样圆。

天上星星多，大小船来装。

十一

天上星星多，一颗接一颗。

要亮一起亮，要灭一起灭。

十二

水中鱼儿多，来去都快乐。
要走一起走，要来一起来。

十三

爱由天上生，红了谁的脸？
云似红纱帐，透出肌肤香。

十四

长街无行人，灯火照孤影。
走出太阳系，测量天高低。

十五

路途有多远，分开海水量。
险峰有多险？云头现人头。

十六

可怜天下雪，只留天上白。

可怜天上雨，只在天上流。

十七

浩瀚的星空，浩瀚的路程。

浩瀚的宇宙，浩瀚的家园。

十八

天地一杯酒，好汉不回头。

天地一本书，日夜都繁华。

十九

天地这出戏，又贵又便宜。

有人无人看，角色都不变。

二十

天上汉字多，字字汇星河。

唐诗加宋词，世世唱不完。

二一

弄来三星草，生成水中鱼。

好似在梦外，实际在梦中。

二二

日月那么美，来去好颜色。

天地都会老，生死也轮回。

二三

太阳千样红，样样为你红。

月亮万种缺，种种为你缺。

二四

天上星星多，地上人儿多。

近的没多近，远的没多远。

二五

月亮圆时缺，太阳红时黑。

不是云不来，而是人未知。

二六

太阳一行雨，月亮一行泪。

大雁排成行，带着爹和娘。

二七

星星把眼眨，天亮就回家。

星星不说话，躲在亲戚家。

二八

一串串星星，一串串明灯。
太阳像金线，月亮像银针。

二九

星星过月月，月月藏中间。
童年玩游戏，不想真与假。

三〇

天上的星星，地上的爱人。
早一点得到，晚一点失去。

三一

风雨来过后，窗外多安静。
一夜起三回，月亮来不来？

三二

月亮过河来，星星忙些啥？
鱼儿那么多，都在天上游。

三三

今夜月到东，何时复西归。
路上无行人，问遍天上星。

三四

太阳东方红，月亮东方圆。
太阳西方红，月亮西方圆。

三五

日月一条线，星星排成排。
光阴多重复，来回有几人？

三六

日月在旅途，天地在等待。

星星几时归？人群几时散？

三七

莫笑天地痴，山水总是情。

月亮弯弯腰，太阳红红脸。

三八

天上一片黑，地上一片白。

人心隔肚皮，虎心隔毛皮。

三九

太阳月亮钟，日夜响不停。

响彻天之北，响彻海之南。

四〇

天空花开时，无根也无茎。

花期何其短，相逢几万年。

四一

星星在两头，月亮在中间。

星星有点远，月亮有点近。

星星唱着歌，月亮跳着舞。

四二

一颗颗星星，一张张笑脸。

守卫着天空，守卫着海洋。

四三

一颗颗星星，一个个战士。

守卫着边防，守卫着祖国。

四四

太阳像座山，山中石头多。
月亮像条河，河中鱼儿多。

四五

孤雁空中鸣，来回问东西。
待到天亮时，飞向何处去？

四六

最爱清明月，好似故乡人。
年年清明雨，年年比血红。

四七

有风不怕吹，有云不怕散。
天上有缺口，地上河水流。

四八

树儿发着芽，花儿飘着香。

看也看不住，总是有人来。

四九

天山横南北，银河朝西东。

天空啊天空，一点都不空。

五〇

太阳过来了，月亮还在那儿。

星星都走了，月亮还在那儿。

五一

夜深花自开，花香蝶自来。

蝶在花中舞，宛若梦中人。

五二

无意来人间，一晃百年多。
路途多坎坷，生死多寂寞。

五三

星月一条线，难辨首与尾。
大雁往北飞，夜半三更寒。

五四

梦中千万里，梦醒在眼前。
遇见满天星，梦醒都不见。

五五

太阳在爬山，月亮在游水。
月亮在爬山，太阳在游水。

五六

千座万座山，座座都相连。

千条万条河，条条都相通。

五七

千朵万朵花，朵朵都芬芳。

千片万片叶，片片似云霞。

五八

筑起万座山，不带一粒沙。

汇聚万丈海，不带一滴水。

种下万亩田，不带一粒粮。

五九

如果有收获，但愿同分享。

如果有苦难，但愿共承担。

六〇

我怕来不及。来不及月圆，
来不及月缺，来不及人生。

六一

云水流无声，寂寞寄相思。
云水冰封时，日月都不见。

六二

青春一瞬间，看也看不完。
谁在空中飞？谁在水中游？

六三

几滴秋夜雨，几阵秋风凉。
几片秋叶绿，几片秋叶黄。

六四

青春哪片云啊，飘在山之巅？

青春哪片海啊，奔涌在心间？

青春哪阵风啊，似水浇在身？

六五

夜半云白星稀，夜半梦醒无眠。

雁叫一声两声，月明三回四回。

六六

思想的云，精致的毛。

万物之心，宇宙之爱。

六七

月亮似弓，星星似箭。

追着狼群，追着羊群。

六八

人人有求，人人无求。
闻风而动，闻声而舞。

六九

住在地球，梦在火星。
亲爱的人，都在飞翔。

七〇

人生之问，宇宙之问。
万物生命，多少是真。

七一

多少是善，多少是美，
多少是假，多少是恶。

七二

碌碌造场，石磙碾场。

扬场扬场，晒粮晒粮。

七三

手推碾盘，碾盘碾米。

手推碾盘，宛如银河。

七四

天空天空，一点不空。

人心人心，心心相印。

七五

夜若黑暗，星星有光。

水若黑暗，鱼儿有光。

七六

一朝红豆，十年相思。

千里为圆，万里为方。

七七

思想太阳，太阳出现。

思想月亮，月亮出现。

思想星星，星星出现。

七八

无人的地球，仿佛有人。

无人的天空，一定有人。

七九

握自己的手，抚自己的心，

追自己的影，吻自己的唇。

八〇

月亮一定要圆，白云一定要浪。

太阳一定要来，星星一定要唱。

八一

不在街头卖艺，不知星星走散。

不在山中攀登，不知路途险恶。

八二

我爱你的星空，我爱你的海洋。

我爱你的彩虹，我爱你的潮水。

八三

白云比过蓝天，骄阳比过炉火。

小村比过城市，泥土比过黄金。

八四

花开开在枝头，花开开在枝条。
花开开在心中，花开开在手上。

八五

太阳犹如月亮，黑夜犹如白天。
人群犹如狼群，男人犹如女人。

八六

太阳像一座山，月亮像一条河，
星星像一片林，我们都是童话。

八七

上半月的星星，距月亮远一点。
下半月的星星，距月亮近一点。

八八

红灯交换绿灯，绿灯交换红灯。
红灯绿灯在空中，在空中吹着风。

八九

清早下雨一天晴，黄昏下雪下一夜。
下雨下雪有几时，几时日月再相逢。

九〇

半日春暖半日寒，一日四季不惊奇。
人工降下倾盆雨，天外借来暴风雪。

九一

雾霾重现又重现，万丈高楼都不见。
文明发展不文明，千古功臣成罪人。

九二

又是一年元宵夜，元宵明月味无穷。
又是一年新草绿，新草年年逢新人。

九三

星星星星睡觉了，诗人诗人还再忙。
星星星星一起睡，诗人诗人一人忙。

九四

天上星星那么多，每一颗都想我。
天上人群那么多，每一个我都爱。

九五

我喜欢，太阳和月亮一起的样子，
我喜欢，星星和月亮一起的样子。

九六

一颗星星亮晶晶，两颗星星一起走。
一组星星排成排，一组星星站外面。

九七

天上一万首歌，地上一万支曲。
太阳为天地生，月亮为天地歌。

九八

太阳吐出金线，月亮吐出银线。
太阳像红蜘蛛，月亮像白桑蚕。

九九

星星躺卧天空，睁着眼睛。
我躺卧地球，睁着眼睛。

一〇〇

太阳月亮都来过，看见一个爱一个。
大小星星闪金光，来来往往不停歇。

一〇一

太阳月亮来，桃花杏花开。
人向山中走，水向天上流。

一〇二

窗外太阳红红脸，好像梦中灯一盏。
看着看着在天边，看着看着在眼前，
看着看着在心间，看着看着不见了。

一〇三

行云匆匆眼前过，不为风来不为雨。
昨夜梦中回故里，一草一木情犹在。
东家小孩长成才，西邻老人不见了。

一〇四

你是一粒种，播撒在云中。

一夜看不见，一夜长成苗。

你是一颗星，播撒在云中。

一朝看不见，一朝似火红。

一〇五

天梯悬在天空，人人痴心妄想。

一步哪能登天？一手哪能遮天？

一〇六

看太阳月亮星星，看最美最美的脸。

看最美最美的心，看最美最美的人。

一〇七

太阳像地球的左眼，月亮像地球的右眼。

红叶像红色的手掌，绿叶像绿色的手掌。

一〇八

天和地是一种呼应，山和水是一种呼应。

远和近是一种呼应，动和静是一种呼应。

一〇九

太阳一点都不累，月亮一点都不疼。

星星对着星星说，人群对着人群说。

一一〇

都想上火星，我愿留地球。

都想住高楼，我愿住草屋。

一一一

一生一出戏，来的都是客。

路过不错过，错过错一生。

一一二

人在高楼，心在摇晃。

天堂地狱，忽明忽暗。

一一三

生死一杯酒，孤雁来回鸣。

海洋不是箩，星空不是筐。

一一四

月亮好久没有弯，星星把他拉弯。

太阳好久没有红，星星把他染红。

一一五

月亮来到海边，海水变得橙黄。

隔海相望的那一刻，泪如雨下。

一一六

今春明月早来到，遇见匆匆路行人。

今春疫情早来到，大街小巷空无人。

一一七

急急忙忙奔向西，太阳一去没有回。

宇宙之约

一

把一朵花当成时间，
把一只鸟当成空间。
这是我的宇宙理论。

对称的宇宙，平衡的两端。
宇宙好比一位宽厚严厉的父亲，
宇宙好比一位安静慈祥的母亲。

二

一只鸟可以把宇宙灼伤，
一朵花可以把宇宙灼伤。

三

宇宙的开端与终点，
等同于人类思想爆炸。

宇宙像一条线。
一条星星与星星连成的
直线、弧线和斜线。
一条只有起点没有终点的
直线、弧线和斜线。

四

宇宙像一个圆圈。
一个星星与一个星星画成的
圆圈。
一个没有起点只有终点的
圆圈。
一个没有里层与外层之分的
圆圈。

五

宇宙运动的规律，等量匀速。
宇宙像一个人跳舞，
在时间空间的阶梯上旋转不停。

宇宙上面，任何一个点都是中心。
宇宙仿佛一张神奇的白纸。
星星在他的正面画画，
人类在他的反面写写。

宇宙时空，从来没有方向之分。
四面八方，东西南北，
都是一个小圆圈套着一个大圆圈。
宇宙恰如无根的云，无根的树。
无枝的芽，无叶的果，无茎的花。
宇宙天体运动，犹如巨大的雁阵飞行。

六

宇宙因爱而爆。

七

宇宙像一个巨大的海洋，

星星是他的浪花。

宇宙像一个巨大的球体，

时空的引力让他有秩序地转动。

宇宙像一个圆形的滑板，

太阳在外道，月亮在内道。

八

宇宙生命运动的本质，

就是反转时空，就是平衡时空。

宇宙起源，先有光？先有暗？

光芒即黑暗，黑暗即光芒。

宇宙起源，先有火？先有冰？

火即冰，冰即火。

九

宇宙生命运动规律，

从无到有，从有到无。

从量变到质变，从质变到量变。

互通互换，一刻也没有停止。

宇宙生命运动规律，

像人类的梦想一样，不可预判。

十

宇宙生命，

诞生于火，诞生于冰。

爆炸为火，毁灭为冰。

可谓宇宙冰与火，生死两相知。

十一

宇宙时空布满星星，

星星闪闪好比你我的眼睛。

看见的太阳温暖，

看不见的太阳温暖。

宇宙时空各色各样。

任何时间都是起点。

任何空间都是终点。

宇宙转动不停，

时空转动不停。

十二

风是宇宙的眼睛的眼睛，

风是宇宙的灵魂的灵魂，

风是宇宙的肉体的肉体。

啊，宇宙的森林里，

结满了太阳、月亮和星星的果实。

啊，宇宙的森林里，

结满了眼睛、肉体和灵魂的果实。

啊，宇宙的森林里，

结满了爱情、思念和离愁的果实。

十三

宇宙天体运动具有：

时空性，对称性，平衡性，等距性，

运动性，静止性，统一性，对立性，

融合性，整体性，局部性，思想性，

艺术性，欣赏性，辨识性，现实性，

浪漫性，同向性，秩序性，一致性，

连续性，规律性，引力性，几何性，

数学性，层次性，间歇性，稳定性，

目的性，初始性，过程性，成长性，

终结性，永续性，幼稚性，简单性，

复杂性，真实性，虚无性，可知性，

未知性，隐藏性，暴露性，珍贵性，

伸缩性，弯曲性。休眠性，暴发性。

关 山

一

昨日峰顶，今日谷底。
日出日落，来去人生。

山顶站着人群，山谷站着石头。
山由云彩生成，石头由水染红。

石头，立在水中，立在云中，立在爱中。
石头，生下房子，生下家园，生下时空。

二

水声近在咫尺，水声远在天边。
水是绿神仙，水是红神仙。

一幅红岩绝壁画卷，一座华丽山峰倒影。
日月泼下的水墨。

三

一层一层的石头往上垒，
一刀一刀的石头向下切。
石墙石壁入云端。
石墙石壁围着天。

四

山峰谷底一对一对，青石红石一对一对。
青山绿水一对一对，红霞紫霞一对一对，
黑鸟白鸟一对一对，才子佳人一对对。

五

此时此刻，

我只想要人头的一半，我只想要肩膀的一半。

我只想要山峰的一半，我只想要河流的一半。

我只想要蜻蜓的一半，我只想要蝴蝶的一半。

我只想要你的一半，我只想要爱的一半。

此时此刻，

我只想要手的一半，我只想要脚的一半。

我只想要眉的一半，我只想要眼的一半。

我只想要唇的一半，我只想要齿的一半。

我只想要风的一半，我只想要雨的
一半。

此时此刻，
我只想要太阳的一半，
我只想要月亮的一半。
我只想要星星的一半，
我只想要蓝天的一半。
我只想要云霞的一半，
我只想要时空的一半。
我只想要宇宙的一半，
我只想要你的一半。

六

乱石堆，乱石云。动物生物在上面。
乱石堆，乱石山。日月星辰在上面。

七

人挤人，路挤路，山挤山，水挤水。

天上仿佛有人，山中仿佛无路。

八

山峰在前，犹如在后。

风雨柔软，山石坚硬。

大自然规律，以柔克刚。

我家门前有座山

我家门前有座山，有座山。
横在天地间，天地间。

早上出门望一望，晚上回来望一望。
望一望山中的太阳，
望一望山中的月亮，
望一望山中的星星。
望一望山中的亲人，
望一望山中的故乡。

我家门前有条河，有条河。
通向天地间，天地间。

早上出门喊一声，晚上回来喊一声。

喊一声水中的太阳，

喊一声水中的月亮，

喊一声水中的星星。

喊一声水中的亲人，

喊一声水中的故乡。

你爱不爱我的眼睛

一

太阳月亮和星星，

犹如一个个如花似玉的荷花仙子，

让世上所有的人以身相许。

二

太阳月亮和星星，

在不同的地点，相同的时间，

走在同一条路上。

有时他们迎面相逢，

有时他们步步紧随。

三

太阳，太阳，

你爱不爱我的眼睛？

又黑又亮的眼睛，

刚刚看过星星的眼睛。

月亮，月亮，

你爱不爱我的眼睛？

快乐幸福的眼睛，

太阳刚刚吻过的眼睛。

四

太阳和月亮越走越近，
好像一对久别重逢的爱人。
不知道谁先追上谁，
不知道谁先看见谁。

我测量星星间的距离。
最远的两颗星星之间的距离，
与最近的两颗星星之间的距离，
刚好是倍数累加的距离。

五

星星啊星星，
里一层外一层，可有千万层？
星星里面的一层布局精致，
星星外面的一层布局完美。
星星啊星星，
外一层里一层，星星何止千层万层。

六

一颗星星强一点，一颗星星就弱一点。

一颗星星大一点，一颗星星就小一点。

一组星星排列整齐，一组星星排列对称。

七

今天的月亮像一匹白马，

今天的云彩都要来我家，

今天的星星都要来我家。

今夜的太阳像一匹红马，

今夜的云彩都要来我家，

今夜的星星都要来我家。

八

一颗星星亮起来，

一颗星星暗下去。

星星星星，比亲人还亲。

九

所有的太阳都一样，

说是不红，每一次都红。

所有的月亮都一样，

说是不圆，每一次都圆。

所有的星星都一样，

说是不想，每一次都想。

所有的爱人都一样，

说是不爱，每一次都爱。

十

看上一眼，就会走心。

见上一面，就会爱上。

天上的星星看地上人，

地上的人看天上星星。

十一

我现在想要看看，太阳睡觉的样子，
月亮睡觉的样子，星星睡觉的样子，
因为，没有人来。

我现在想要看看，太阳、月亮和星星，
一起唱歌跳舞的样子，永远不会重复的
样子。
因为，我不会重复。

我现在想要看看，太阳月亮和星星
重来。
因为，我不能重来。

十二

每日每夜，
那么多陌生的星星经过天空，
那么多熟悉的星星经过地球。

每时每刻，
那么多陌生的人群经过天空，
那么多熟悉的人群经过地球。

天空不会重复，大地不会重复。
只要有人来看。

十三

啊！

太阳一现，影子一闪。

月亮一现，影子一闪。

星星一现，影子一闪。

人群一现，影子一闪。

白昼一现，影子一闪。

黑夜一现，影子一闪。

时空啊，说快也快，说慢也慢。

转眼你我都走散，转眼已过百亿年。

十四

早晨升起一轮鲜艳的太阳，

傍晚升起一轮鲜艳的月亮。

地球像一艘闪闪发光的轮船，

在太阳月亮之间愉快航行。

十五

太阳睡了，月亮睡了，
星星也睡了。因为，没有人来。

天边红了，海洋红了。
星星散了，太阳出现了。

十六

太阳高照，我愿蒙上眼睛。
一个人的宇宙，亿万年的时空。

追太阳的孩子，太阳走远了，就追月亮。
月亮走远了，就追星星。

我的黑，你染红。我的白，你染黑。
岁月的颜色涂抹脸上，
犹如绚丽的青春涂抹天空。

十七

大自然生命运动的规律，
就是变，自始至终循环不停。

太阳改变太阳。月亮改变月亮。
星星改变星星。人类改变人类。

大自然生命的物质运动，精神运动，
诞生了大自然的时间与空间，
最终诞生了宇宙。
宇宙像飞船乘风破浪。

十八

河水弯弯弯上天。
太阳一弯，月亮一弯，星星又一弯。
河水弯弯有几弯？
一弯，一弯，又一弯。

十九

梦想摸摸天。
摸摸鲜红似火的太阳，
摸摸弯弯流水的月亮，
摸摸闪闪发亮的星星。

二〇

诗人怀着一颗初心，
一颗热爱大自然生命的赤子之心。
诗人怀着一个梦想，
一个穿越宇宙时空的梦想。

诗人以太阳、月亮和星星的转动，
作为诗歌运动最高的境界，
作为生命运动最高的境界。
诗人，在最黑暗的世界里，
找到世界最美丽的光源。
诗人，在最寂寞的世界里，
伴着太阳月亮和星星远行。

二一

走上人间舞台，看过星空繁华。
生也无憾，死也无憾。

走上人间舞台，怀有两个恋爱。
最远的在梦中，最近的在空中。

二二

看一看星空，我们都像尘埃。
比一比大小，我们都像孩子。

人在天上，心在地上。
时间像血液一样流淌。

二三

我的故乡在星空，

我的故乡在海洋。

故乡的太阳金黄金黄，

故乡的月亮金黄金黄，

故乡的星星金黄金黄。

二四

对着太阳数太阳，

数着数着不见了。

对着月亮数月亮，

数着数着不见了。

对着星星数星星，

数着数着天亮了。

二五

满天都是太阳，

满天都是月亮，

满天都是星星。

让看的人看，

让想的人想，

让爱的人爱。

二六

我要风来，风从金星吹来。

我想风来，风从火星吹来。

风吹起天空的头发，

风吹起大地的衣衫。

二七

看见一颗星星，看见一颗月亮。

看见满天星星，看见满天月亮。

星星如车，月亮如船。

载着你，载着我，载着风，载着故乡。

看见一颗星星，看见一颗太阳。

看见满天星星，看见满天太阳。

星星如车，太阳如船，

载着天，载着地，载着云，载着故乡。

二八

哪里的星球飘着雪?
哪里的星球下着雨?
哪里的星球闪着电?
哪里的星球打着雷?

地球上飘着雪,地球上下着雨,
地球上闪着电,地球上打着雷。

地球是太阳月亮和星星途经的码头。
人类将搭乘太阳,搭乘月亮,搭乘星星,
各自奔向远方。

二九

月亮在安静地睡觉。

前夜热得狠，后夜凉得狠。

秋风多无意，枝叶多繁华。

月亮在安静地睡觉。

头朝东背朝南。

有的人在做梦，有的人在醒着。

可悲的是，

醒着的人，不知道自己醒着。

做梦的人，不知道自己做梦。

三〇

月亮在安静地睡觉。

头枕在水上，手放在身上。

太阳一旁看着她，

星星一旁看着她。

月亮在安静地睡觉。

歌者无疆，时空无限。

天空有天空金色的花边，

云彩有云彩金色的花边。

三一

哪一朵云没有欲望？

哪一阵风没有高潮？

在天上，就是在人间。

在人间，就是在天上。

三二

地球地球，盖满了高楼。

地球地球，一去不回头。

地球地球，盖满了高楼。

地球地球，记忆的乡愁。

三三

太阳宛如没有翅膀的大鸟，

从我的梦中飞过。

月亮宛如没有尾巴的大鱼，

从我的心中游过。

星星宛如没有父母的孩子，

从我的眼前跑过。

三四

月亮来过我们家。
有时春天来，有时夏天来，
有时秋天来，有时冬天来。

我像一个害羞的孩子，
总是躲着她。她找不到我时，
希望她能找到我。

三五

一个人对着太阳照镜子，
跟着太阳奔跑。
一个人躲开白天的人群，
躲开夜晚的星星，跟着太阳奔跑。

一个美丽的夜晚，
一个美丽的白天。
太阳转了一个圈，
月亮转了一个圈，
星星转了一个圈。

天上太光，地上太滑。
速度太快，时间太短。

三六

太阳月亮之间，
星星若隐若现。
天地总是一起反转，
有人无人一个模样。

三七

太阳在爬山，
爬到山顶不见了。
月亮在游水，
游到海边不见了。

三八

天上的星星不睡觉。流浪的人儿跟着跑。
天上的月亮不睡觉。流浪的星星跟着跑。

天上的星星不回家，天上的星星不说话。
天上的星星看着地上的人儿。

三九

地上的人儿不回家，地上的人儿不说话，
地上的人儿看着天上的星星。

天上的星星那么多，永远永远闪金光，
永远永远没有阻隔。
地上的人儿那么多，永远永远闪金光，
永远永远没有阻隔。

四〇

地球，我可爱的故乡。

也曾原始落后，也曾文明进步。

也曾朴实无华，也曾风光无限。

一个人站在一颗星星上，

思念故乡，不需要任何一个理由。

一个人站在一颗星星上，

歌唱故乡，用千万种语言。

地球，我可爱的故乡。

离别时，带走了你全部的梦想。

相逢时，留下了我全部的依恋。

四一

一个人像一颗星星，
不知不觉地来，不知不觉地去。

太阳看月亮，月亮看太阳。
一天又一天，天天都不变。

同太阳千年一别，
同月亮万年一梦。
看看太阳为你唱歌，
看看月亮为你跳舞。

四二

太阳上有一个像你一样的人，
看着地球。
肤色像，体形像，灵魂像，信仰也像。

月亮上有一个像你一样的人，
看着地球。
走着像，站着像，躺着像，爱着也像。

星星上有一个像你一样的人，
看着地球。
眼睛像，鼻子像，嘴巴像，发型也像。

四三

黑夜等着白天，太阳等着月亮，
人类等着星星，海洋等着星空。
等待就会相爱，等待就会重来。

四四

枕着太阳睡的诗人，从噩梦中惊醒。

枕着太阳睡的诗人，

做梦也没有想到会有今天。

四五

月亮躺在那儿，星星站在那儿。

月亮月亮像女孩，星星星星像男孩。

四六

最亮的星星宛如新人，

她望着我，我望着她。

四七

爱情犹如一束光亮，

爱情犹如一片黑暗。

爱情从一个地方蜂拥而入，

爱情从一个地方蜂拥而出。

四八

我喜欢有你有我的季节，

我喜欢太阳月亮和星星在一起的样子。

四九

跟着月亮一路向西，寻找走散的太阳。

跟着月亮一路向东，寻找走散的星星。

五〇

浪花是海洋的羽毛，

云朵是星空的羽毛。

五一

太阳是月亮的守护神，
月亮是地球的守护神。
地球是人类的守护神，
人类是宇宙的守护神。

太阳来了还要走，留都留不住。
月亮来了还要走，留都留不住。
星星来了还要走，留都留不住。
人类来了还要走，留都留不住。

太阳太阳你别走，我不让你走。
月亮月亮你别走，我不让你走。
星星星星你别走，我不让你走。

五二

太阳忽然间大小，忽然间远近。

月亮忽然间大小，忽然间远近。

星星忽然间大小，忽然间远近。

思想忽然间大小，忽然间远近。

五三

太阳像一艘船，月亮像一艘船，

星星像一艘船，地球像一艘船，

动物像一艘船，植物像一艘船。

一起在宇宙时空的大海上航行。

五四

时间是否有限？

走过的路，想再走几遍。

爱过的人，想再爱几遍。

看过的书，想再看几遍。

不知有没有太阳出现？

不知有没有月亮出现？

不知有没有星星出现？

爱过的人，想再爱一遍。

不知能不能遂心愿？

不知是不是坐在田间？

不知能不能遂心愿？

不知是不是躺在林间？

不知能不能遂心愿？

五五

春夜如昼，天地如花。
爱星星，爱月亮，爱太阳。
每一个人都有梦想。

一弯月一弯水，
星星在流动。

一弯月一弯水，
太阳在流动。

一弯月一弯水，
小星星依着大星星。

一弯月一弯水。
大星星护着小星星。

五六

月亮来到海边，海洋生出太阳。

太阳挣脱所有的禁锢，

月亮挣脱所有的禁锢。

五七

危险来临的时候，

星空一下子护住海洋，

太阳一下子护住月亮，

星星一下子护住云彩，

森林一下子护住风雨，

高山一下子护住大河，

花朵一下子护住蝴蝶，

男人一下子护住女人，

妈妈一下子护住孩子。

五八

太阳出现的时候很大，

走着走着就小了。

月亮出现的时候很圆，

走着走着就缺了。

星星出现的时候很多，

走着走着就散了。

五九

翻过来看太阳，翻过去看太阳。

倒过去看月亮，倒过来看月亮。

太阳月亮好像长在自己身上。

六〇

茫茫宇宙，星云无限。
地球是我们在太阳系里，
找到的一颗星星。

茫茫宇宙，星云无限。
谁，在哪里寻找，
我们居住的星球？

星星又远又近。
仿佛亿万年的距离。
仿佛手拉手的距离。

六一

太阳月亮是真的，我也是真的。

从来不骗你，骗你是小狗。

六二

与时空结缘，以宇宙为家。

爱总是幻想世界，恨总是毁灭世界。

六三

天空的尽头，没有尽头。

海洋的尽头，没有尽头。

时空的尽头，没有尽头。

宇宙的尽头，没有尽头。

六四

我看见，

太阳和月亮一起转动。

速度不变，方向不变。

我看见星星和星星一起转动。

速度不变，方向不变。

跟着月亮看月亮，

跟着星星看星星，

跟着太阳看太阳。

跟着好人学好人，

跟着坏人学坏人。

六五

前面有三只大雁，

后面有一只大雁。

前面有一只大雁，

后面有三只大雁。

大雁大雁绕着太阳飞，

大雁大雁绕着月亮飞，

大雁大雁绕着星星飞。

六六

我们走在太阳的路上，

我们走在月亮的路上，

我们走在星星的路上。

我们心中装满太阳，

我们心中装满月亮，

我们心中装满星星。

宇宙之中，

我们是另外一颗太阳，

我们是另外一颗月亮，

我们是另外一颗星星。

六七

飞来飞去的星星，
飞来飞去的童谣。

星星星星一起来，
看也看不够，爱也爱不够。

星星星星你别走，
我想和你一起玩，
我想和你一起走。

星星星星那么多，
我从中间向外数。
星星星星那么多，
数星星的孩子只一个。
星星星星那么多，
来回一大圈，数也数不清。

六八

太阳，

一只看不见的神鸟。

月亮，

一个看不见的爱人。

太阳月亮啊，为何走东西？

为何闯南北？

星星之间的转动，

为什么匀速一致？

为什么距离匀称？

是不是上帝设计好的？

六九

我愿每天都这样，

和你一起看太阳，

一起看月亮，一起看星星。

七○

今天，

你会不会来？天会不会红？

我有一个白太阳，我有一个黑太阳，

唯独没有红太阳。

七一

太阳啊，低处红，高处黄。

太阳啊，满面金光。

月亮啊，圆时缺，缺时圆。

月亮啊，完满无缺。

七二

太阳不见了，太阳丢下我。

月亮不见了，月亮丢下我。

星星不见了，星星丢下我。

我把太阳弄丢了，心里好难过。

我把月亮弄丢了，心里好难过。

我把星星弄丢了，心里好难过。

太阳在天上不见了，

月亮在天上不见了，

星星在天上不见了。

七三

太阳是守信的人，
月亮是守约的人，
星星是纯真的人。

心爱的太阳回家了，
心爱的月亮回家了，
心爱的星星回家了。

回家了，才能找到。
回家了，才能希望。
回家了，才能相爱。

七四

跟着星星到天边找太阳，

跟着星星到天边找月亮，

跟着星星到天边找爱人。

千里万里来相见，从不后悔。

千难万险来相见，从不遗憾。

千山万水来相见，永不再见。

我和你相见，望见太阳和月亮相见。

太阳和月亮相见，望见我和你相见。

太阳一下子护住月亮，谁都看不见。

七五

天空有一个出口，让太阳出来。

大地有一个出口，让人群出来。

各种各样的物种，大大小小的星星。

只要有飞翔的欲望，就能生长出美丽的

翅膀。

七六

天上的门敞开着，走出来的人那么多。

可是，一个都没有再见着。

地上的门敞开着，走进去的人那么多。

可是，一个都没有再回来。

七七

天上星星多，

你一颗，我一颗。

地上好人多，

你一个，我一个。

天上好人多，

地上星星多。

好人变成星星，

星星变成好人。

七八

太阳住在白云的上面，

月亮住在白云的下面。

人们住在海洋的上面，

星星住在海洋的下面。

七九

我原来就是你。

太阳原来就是月亮，

人间原来就是天堂，

大海原来就是天空，

地球原来就是星星，

东风原来就是西风，

痛苦原来就是快乐，

寒冷原来就是温暖，

这里原来就是那里，

你原来就是我。

八〇

奇异的天象。(2019 年 9 月 27 日)

凌晨四点五十分钟,

透过密密的树林,

看见月亮安静地站在天海边。

凌晨五点十分,

透过密密的云层,

看见月亮瞬间站在中天。

突如其来的天象,

让我心惊肉跳。

八一

这是一次自然天象？

偶尔出现？

这是一次星云组合？

眨眼来临？

月亮突然回身，

月亮看到什么？

太阳突然出现，

太阳看到什么？

星星突然位移，

星星看到什么？

我突然奔跑，拼命奔跑。

地球突然加速，拼命加速。

耀眼的星群，

从东南方向一路赶来，

刚好从家乡的天空经过。

八二

多少秘密

赶在黎明前呈现？

太阳一夜都红了，

星星一夜都散了，

月亮一夜都圆了。

多少秘密

赶在黎明前呈现？

草儿一夜都绿了，

花儿一夜都开了，

鸟儿一夜都叫了。

八三

黎明时分，
天空泛起红晕，
山水荡起清波。
青灰色的海，
青灰色的天。
金黄色的云，
金黄色的浪。

谁来了？
都不用问，
都不用说，
都不用想。
是太阳来了。

八四

看着太阳像爸爸，喊一声爸爸。
太阳笑着不回答。

看着月亮像妈妈，叫一声妈妈。
月亮笑着不回答。

八五

长大的孩子，离开地球妈妈。
要去哪一颗星星，安上新家？

八六

我就要动身走了，
我所有的财富就是清贫。

八七

一只鸟忽然出现，

我变成一只鸟。

一条鱼忽然游来，

我变成一条鱼。

一个人的宇宙，

一只鸟的星空，

一条鱼的海洋。

一只鸟消失，带去一群鸟。

一个人消失，带去一群人。

很久很久以前，很久很久以前。

八八

太阳知我心，
月亮知我情，
星星知我来。

太阳给了我真诚，
月亮给了我思念，
星星给了我纯净。

太阳是我的一切，
月亮是我的一切，
星星是我的一切。

太阳月亮星星和我，
我和太阳月亮星星，
怎能被分开？

八九

云彩像天空的皮毛。
草原像大地的皮毛。

宇宙像一张白纸，
画满千千万万种符号。
时空一张白纸，
写满千千万万种文字。

九〇

星星高一点，
月亮低一点。
月亮快一点，
星星慢一点。

星星不高不低，
不快不慢。
月亮不高不低，
不快不慢。

九一

祝福地球，

祝福人类。

来到太阳系，

认真想一想，

真的像梦一样。

已经来到的人，

已经离开的人，

正在离开的人，

正在来到的人，

真的像梦一样。

九二

一步加一步，两步加一步。

三步加一步，四步加一步。

五步加几步？

地球走三步，月亮少一步，

太阳少三步，星星少几步？

九三

太阳的一条斜线，

月亮的一条平行线，

星星的一条环线，

人类的一条曲线。

九四

我思念世界上，

最好看的太阳，

最好看的月亮，

最好看的星星，

最好看的爱人。

九五

太阳来了，月亮来了，

星星来了，地球来了，

人群也来了。

谁也不缺，谁也不少。

太阳来了，等着月亮。

月亮来了，等着星星。

星星来了，等着地球。

地球来了，等着人群。

九六

我所看到的，
是我所亲过的。
我所听到的，
是我所亲过的。
我所想到的，
是我所亲过的。

我的心中，
住着我的太阳，
住着我的月亮，
住着我的星星。

九七

鸟用翅膀行走，
人用双脚飞翔。
时间刚好盛下空间，
空间刚好盛下时间。

九八

星空里，

有一万颗太阳，

有一万颗月亮，

有一万颗星星。

星空里，

有一万双手臂，

有一万双眼睛，

有一万双脚印。

九九

星星聚又散，
聚散到天亮，
看见看不见？

人群聚又散，
聚散到天亮。
看见看不见？

手和笔啊，
为什么握得紧？
脚和路啊，
为什么匆匆忙忙？

一〇〇

时间像一束光，
空间像一条路。
万众一个一个往前跑，
万物一个一个往上挤。
爱人啊，一旦上了岸，
再也回不来。

一〇一

太阳像一只红笔，

月亮像一只蓝笔。

在黑暗中写诗，

犹如在太空中漫步。

深一脚，浅一脚。

虚虚实实。

一〇二

月儿弯弯，弯弯一半。

星儿弯弯，弯弯一串。

弯月好比穿针的线，

一针一线穿星星。

星星好比长街的灯，

一盏一盏不见人。

一〇三

无垠的时空，

有多少双眼睛睁开，

有多少双眼睛闭上。

一〇四

从地球上经过，

从月亮上经过，

从太阳上经过。

我梦见，

太阳和从前一样，

月亮和从前一样，

星星和从前一样。

一〇五

2019 年 9 月 5 日夜，

第二次看见，

月亮在雨中出现。

月亮第一次在雨中出现，

是在什么时间？

我独自行走在月亮的背面。

我读过的书，再没有人读。

我见过的人，再没有人见。

一〇六

灯光在暗处，

影子在明处。

大多时候，

人愿意和星星交流。

一〇七

2019 年 5 月 22 日夜，
月亮背着一颗星星，
牵着一颗星星。

月亮前面三颗星星，
在同一条直线。
远的最大，近的最小。
月亮向西，我向东。
月亮又向东，我又向西。

一〇八

太阳也有黑暗的时候，
太阳穿越了黑暗。

一〇九

我们都来晚了，
晚了一千次，
晚了一万次。

一一〇

你身上有的，我身上也有。

不多不少，一模一样。

一一一

太阳升太阳落，

太阳再升再落，

太阳东升西落。

月亮圆月亮缺，

月亮再圆再缺，

月亮东圆西缺。

太阳占用一个黑夜，

月亮占用一个白昼。

太阳占用一个白昼，

月亮占用一个黑夜。

一一二

太阳有一双翅膀，
有一双隐形的翅膀。

月亮有一双翅膀，
有一双隐形的翅膀。

一一三

一滴水，一个圈。
圈套着圈，圈套着自己。
圈套着圈，圈套着太阳。
圈套着圈，圈套着月亮。
圈套着圈，圈套着星星。

一滴水，一个圈。
有多少圈看不见月亮？
有多少圈看不到太阳？
有多少圈看不到星星？
有多少圈看不到自己？

一一四

我的手放在哪儿？
我的心放在哪儿？
我的爱放在哪儿？

摸过太阳，
摸过月亮，摸过星星。
唯独没有自己。
爱过星空，
爱过海洋，爱过亲人。
唯独没有自己。

一一五

月亮一直往下，太阳一直往上。

星星一直在快，星星一直在慢。

月亮一直望着太阳，太阳一直望着
月亮。

初升的太阳和初升的月亮一模一样，

下落的太阳和下落的月亮一模一样，

午后的太阳和午夜的月亮一模一样。

太阳和月亮，

大时一样硕大，红时一样血红，

白时一样雪白，圆时一样浑圆。

一一六

梦想和大自然一起共鸣，

梦想和时间一样富有，

梦想和时间一样清贫，

梦想和小鸟一样飞翔。

梦想自己

变成太阳月亮和星星。

太阳何尝不是一场梦？

月亮何尝不是一场梦？

星星何尝不是一场梦？

人生何尝不是一场梦？

一一七

看见

太阳月亮和星星，

就爱着。

看不见

太阳月亮和星星，

就想着。

太阳犹如肉体，

月亮犹如灵魂，

星星犹如眼睛。

一一八

大自然本能，等同于人类本能。

无私、纯粹，不可言喻。

大自然生命与人类生命一起进化，

孕育红红的太阳，圆圆的月亮。

闪闪的星星。

一一九

看看太阳在头上，
看看月亮在头上，
看看星星在头上，
看看地球在头上。

有人在太阳上面走，
有人在月亮上面走，
有人在星星上面走，
有人在地球上面走。

太阳有太阳的光芒，
月亮有月亮的光芒，
星星有星星的光芒，
地球有地球的光芒。

一二〇

弯月在窗外，弯月待何人？
蒙上你的眼，假装看不见。
星转斗移歌依旧，新枝嫩芽霜雪寒。
又是一年春来早，春来春去平常客。
一面镜子水好深，千年雨水万年雪。

一二一

太阳，月亮，星星，
你是一幅没用笔画出的画，
你是一本没用笔写下的书。

太阳月亮和星星，
犹如一支支看不见的金笔，
我用挚爱的双手紧紧相握。

一二二

打开门窗，飞向远方。

天地像一张白纸。

世界好看，星云如烟。

太阳圆满，万物圆满。

月亮圆缺，万物圆缺。

星星闪烁，万物闪烁。

一二三

洗洗小手脸，

一起看太阳，

太阳戴过我的新草帽，

太阳穿过我的新布鞋，

太阳喝过我的蜂蜜茶，

太阳吃过我的白蒸馍。

一二四

星星，
跟着月亮向前走，
跟着月亮向后走，
跟着月亮向左走，
跟着月亮向右走，
月亮保护着星星。

月亮，
走在星星的前面，
走在星星的后面，
走在星星的左面，
走在星星的右面，
星星保护着月亮。

星星找月亮找一夜。
月亮找太阳找一月。
孩子找妈妈找一生。

一二五

一路上，

太阳忽然膨胀了许多，

月亮忽然膨胀了许多，

星星忽然膨胀了许多，

海洋忽然膨胀了许多，

人类忽然膨胀了许多，

好像在哪儿见过？

一路上

地球忽然膨胀了许多，

城市忽然膨胀了许多，

森林忽然膨胀了许多，

草原忽然膨胀了许多，

河流忽然膨胀了许多，

好像在哪儿见过？

一二六

太阳犹如一面晶莹透明的镜子，
照亮从黑夜归来的人。

太阳想什么时候出现，
就什么时候出现。太阳随时出现，
太阳好比宇宙最任性的孩子。

想太阳的时候，太阳就会出现。
孤独的时候，太阳就会出现。
流泪的时候，太阳就会出现。
望见你的时候，太阳就会出现。

太阳穿着蓝天做成的衣裳出现，
太阳穿着白云做成的衣裳出现。

一二七

太阳两头大中间小，

月亮两头大中间小，

星星两头大中间小，

地球两头大中间小，

时空两头大中间小，

宇宙两头大中间小。

一二八

奇异的太阳，奇异的银河，

奇异的星云，奇异的爱情。

为什么相互之间共同拥有？

为什么相互之间共同思念？

为什么相互之间共同爱恋？

为什么相互之间共同遗忘？

一二九

一颗星星向南，

一颗星星向北。

向南的星星突然增大，

向北的星星突然缩小。

星星犹如天空上面的羊群，

人类犹如大地上面的牧人。

星星和星星在一起，

像亲兄弟一样，

一路上不会孤独寂寞。

我和你在一起，

像亲兄弟一样，

一路上不会孤独寂寞。

一三〇

海水干枯了，

鱼群从海底蜂拥而出。

我要去火星，我要去火星。

火星，火星，最危险的梦想。

火星，火星，最危险的童话。

一三一

诗人，看见月亮的出现，

听到太阳的呐喊，躺在星星上睡觉。

诗人，把月亮的缺看作圆。

把太阳的红看作白，

把太阳的升看作落。

把星星的运动，看作静止。

一三二

一声呼唤，

柔软的风儿就吹过来，

吹过来压弯树梢。

一声呼唤，

美丽的月亮就飘过来，

飘过来压弯树梢。

一三三

太阳分享夜晚，

月亮分享白天。

星星分享思念，

人类分享爱情。

分享是一桩公平交易。

一三四

抬头看太阳，低头看太阳。

从一座山看到另一座山，

从一条河看到另一条河。

因为好看，我们蜂拥在天边，

我们的青春被强盗抢走了。

因为好看，我们蜂拥在海边，

我们的亲人被海盗抢走了。

一三五

天上一条河，地上一条河。

太阳像座桥，月亮像只船，

星星像个人。

一三六

风吹过来，改变了世界。

风又吹过来，又改变了世界。

一三七

我的爱情，不叫作爱情。

我的爱情叫作太阳、月亮和星星。

一三八

海洋燃起了大火，火焰曼延天空。

星空燃起了大火，火焰曼延海洋。

太阳张开黑色的嘴唇，

然后，慢慢合上。

月亮张开红色的嘴唇，

然后，慢慢合上。

一三九

月亮今夜不回家，

星星今夜不回家，

游子今夜不回家，

等着太阳一起回家。

等着太阳一起回家，

一起乘着梦想回家，

一起乘着飞船回家，

家住银河两端。

一四〇

天有多高？

海有多深？

爱有没有时间？

爱有没有空间？

太阳穿越东西。

银河奔流南北。

一四一

冰一层，火一层。山一层，水一层。
树一层，草一层。你一层，我一层。
衣服一层层，天地一层层。

太阳是月亮的一层，
月亮是星星的一层，
星星是地球的一层，
地球是人类的一层，
植物是动物的一层。
宇宙是时空的一层。

风一层一层，雨一层一层，云一层一层，
雪一层一层，雾一层一层。

时间一层一层，空间一层一层。
肉体一层一层，灵魂一层一层，

冰一层一层坚硬，火一层一层柔软。

山一层一层忧伤，水一层一层快乐。

夜一层一层光明，昼一层一层黑暗。

一四二

植物像水，动物像山。

男人向着山行，女人向着水行。

太阳系成圈，银河系成圆。

动物住在里面，植物住在外面。

星星在云彩里面睡觉，

星星在云彩外面争艳。

星星与星星之间，大的照顾小的，

远的保护近的。

一四三

明天你会不会再来，
把我从睡梦中叫醒？

你的声音好像叶生花开，
你的声音好像流星闪亮，
你的声音好像夕阳朝阳，
你的声音好像月缺月圆。
让我惊醒，让我惊醒。

明天你只要来，
一颗太阳变成两颗太阳，
一颗月亮变成两颗月亮，
一颗星星变成两颗星星，
一颗地球变成两颗地球。
明天你只要来。

一四四

月亮从太阳初升的地方初升，

月亮从太阳下落的地方下落。

月亮确实大确实圆，

月亮确实像一轮红太阳。

一四五

天空一草一木，依山依水。

天空圆若不圆，转若不转。

再多的星星也是有序的，

说走就走，说来就来。

一四六

待在一片叶子里看太阳。

无与伦比的太阳出现以前，

无与伦比的太阳出现以后。

待在一朵花里看太阳，

太阳驱赶了黑暗，

太阳改变了世界。

太阳把光照到地球，

把雨下在地球，

把雪洒在地球，把风刮到地球。

太阳忽然间让人看见，

忽然间让人留恋，忽然间恍若隔世，

忽然间悲喜聚散。

一四七

月亮，悬而未悬，空而未空。

月亮，动而未动，停而未停。

春天，晴而未晴，阴而未阴。

春天，暖而未暖，寒而未寒。

一四八

看不见太阳，看不见月亮，

看不见星星。

如果时间的灯火都熄灭了，

我的爱情之灯会永远闪亮。

一四九

带着思念带着祝福，

把地球当成童话。

天地尽头，忘记说声再见。

一五○

太阳让有心的人看，
让有爱的人看。
太阳犹如一粒火种，
犹如一口清泉。

太阳在山中
遇见山中的爱人，
太阳在水中
遇见水中的爱人。

一五一

月亮星星变人形，
一日卧一日仰。
月亮星星的笑脸，
一日见一日散。
月亮星星从家里一出来，
便遇上了仙人。

一五二

时间在旅途川流不息，

时间留下千奇百怪的声音，

时间留下千奇百怪的影子。

一五三

天空三颗最中意的星星，

他们之间那么匀称，

那么整齐，那么闪亮，

那么诱人，那么可爱。

天空三颗最中意的星星，

你一颗，我一颗，她一颗。

天空三颗最中意的星星，

紧紧围绕在月亮身边。

一五四

整整齐齐的石头，

整整齐齐的花朵，

整整齐齐的黎明，

整整齐齐的黄昏，

整整齐齐的粮食，

整整齐齐的书架，

整整齐齐的肉体，

整整齐齐的灵魂。

一五五

岸边硕大的彩石，

激起生活岁月无尽的波澜。

石头用暗物一样的灵魂，

支撑我们赖以生存的空间。

一五六

我喜欢

把月亮从大看到小，从圆看到缺。

我喜欢

把自己从老看到小，从死看到生。

我喜欢

把友情从假看到真，从远看到近。

一五七

月亮前脚走，星星后脚来。

星星前脚走，太阳后脚来。

太阳前脚走，人们后脚来。

太阳月亮和星星像一个个赶路的人。

太阳月亮和星星

首尾齐全，肢体健美，行动敏捷。

一五八

被风遮住的岁月，

被风遮住的笑脸，

被风遮住的人生。

简简单单的太阳，

高深莫测的太阳。

一成不变的太阳，

千变万化的太阳。

一五九

谁在一声声呼唤？

一声声呼唤黎明前

远行的太阳月亮和星星。

谁在一声声呼唤？

一声声呼唤黄昏后

归来的太阳月亮和星星。

一六〇

我和太阳擦肩而过，
我挥一挥手，太阳挥一挥手。
仿佛两个熟悉的人，
仿佛两个陌生的人。

我和太阳擦肩而过，
我看看太阳，太阳看看我。
我要是知道太阳到哪里去，
我要是问问太阳到哪里去，
我会不会得到答案？

我和太阳擦肩而过，
太阳给我一团火，我给太阳一颗心。
我和太阳擦肩而过。
太阳望着我，我望着太阳，
我们好像在哪见过？

一六一

看看太阳在身边，看看月亮在身边，
看看星星在身边。
想想太阳在梦里，想想月亮在梦里，
想想星星在梦里。
该有多么的幸福，该有多么的快乐，
该有多么的甜蜜。

一六二

太阳啊！今天会不会红？
月亮啊！今天会不会圆？
星星啊！今天会不会来？
太阳要红就再红一点，
月亮要圆就再圆一点，
星星要来就多来一些。

一六三

天上的星星少一颗，

地上的星星少一个。

星星与星星分别，

眼泪流成银河。

一六四

没有太阳的人生，不叫人生。

没有月亮的爱情，不叫爱情。

没有星星的故乡，不叫故乡。

一六五

太阳昏暗无光，我爱太阳昏暗无光。

月亮昏暗无光，我爱月亮昏暗无光。

星星昏暗无光，我爱星星昏暗无光。

一六六

两只大雁叫两声，一只大雁叫一声。
两只大雁像日月，一只大雁像流星。

一六七

太阳月亮中间的星星闪闪发亮，
意想不到的闪闪发亮。

一六八

太阳万紫千红，月亮万紫千红，
星星万紫千红，宇宙万紫千红。

一六九

我爱的太阳在水的方向，
我爱的月亮在山的方向。

一七〇

多少次梦见你，
多少次爱着你。
你像太阳的眼睛睁开，
你像月亮的眼睛闭上。

一七一

月亮弯下腰，麦穗昂起头。
月亮温暖宜人，麦穗长势喜人。

太阳时时低，太阳时时高，
高高低低在眼前。
太阳时时大，太阳时时小，
大大小小在眼前。

一七二

月亮高星星低，月亮低星星高。

一生一世在一起。生生相依，死死相守。

月亮的一张脸，星星的一双眼。

看也看不够，爱也爱不完。

一七三

昨天月亮躺着，你像躺着的月亮。

今天月亮站着，你像站着的月亮。

一七四

一阵风吹着太阳，一阵风吹着月亮，

一阵风吹着星星，一阵风吹着梦想。

一阵风温暖，一阵风清凉。

一阵风安静，一阵风喧响。

一七五

望着星空，望着大地，望着你。
再望着星空，再望着大地，再望着你。

星星好比生命中的花，
星星好比生命中的叶。
我向一颗星星告白，
满天星星送我祝福。

寻找一颗离别的星星，在人间。
寻找一个离别的人，在天空。

月亮仰望着星星，星星有没有变化？
星星俯瞰着月亮，月亮有没有变化？
星星像鱼儿一样，
月亮在天空的海洋里游来游去。
星星每时每刻想游回岸边。
星星一颗大一颗小，一颗近一颗远。
大的不一定大，小的不一定小。
近的不一定近，远的不一定远。

一七六

美丽的鸟儿在月亮上飞，在弯月上飞，在圆月上飞，不知疲倦地飞。

一七七

云彩是太阳身上的毛，是太阳身上灰色的毛，青色的毛，红色的毛，黑色的毛。

以云彩为镜，以云彩为背景，

以云彩为人生。

一七八

我是太阳月亮和星星派来的使者。

我的名字属于所有人，

我的家乡属于所有人。

我在黑暗中祈求光明，

我在光明中祝福黑暗。

大麦不过小满

一

旱绿豆，涝小豆。

绿豆绿豆放下箩头，

豇豆豇豆卧下牤牛。

一亩田，十亩园。

韭菜畦，养小鱼。

铁皮楝，纸皮椿。

星星稠，顺河流。

血汗钱，万万年。

耧铧响，红薯长。

一寸浅，三寸深，二寸要认真。

苗起富，长足金，老来贫。

二

大麦不过小满，小麦不过芒种。

有好地，无晚田。旱除草，涝浇园。

豌豆偷熟，懒汉背锄。

提耧芝麻，按耧豆。稀麦稠豆坑死人。

三

一个老，养十个小。

十个小，养不住一个老。

薄领不当墙，婶子不当娘。

生身父母没有养生父母重。

四

沉住气，不少打粮食。

房檐滴水滴滴照。

宁走十里远，不走一里坎。

不怕慢，就怕站。

懒汉一遭死，轻来轻去搬倒山。

五

灰喜鹊，尾巴长，娶个媳妇忘了娘。

椿树王椿树王，你长粗我长长。

你长粗了成林梁，我长长了撑衣裳。

远怕水，近怕鬼。狗怕摸，狼怕戳。

一个猪娃不吃糠，两个猪娃吃着香。

狗记千，猫记万，鸡子记那二里半。

日头落，狼下坡。逮住小孩当蒸馍。

黄鼠狼去赶集，浑身上下一张皮。

老天爷不讲理，出着日头下着雨。

六

祖家祖屋的北面是一个大坑，西面是一个沙坑（大坑和沙坑里养好多鲤鱼）。南面有一座寨墙，寨墙下有一条寨河。寨河再往南，有一座庙（七五年发洪水，这座庙挡住了水头，村庄免遭一难），东面是一个寨门口。

在人间，

没有比家乡更贫穷的地方，没有比家乡更美好的地方。

在人间，

穿着祖母做的老粗布衣衫，抵御了风雪严寒。

穿着祖母做的千层底老粗布鞋，走出了家乡。

七

小时候，

爷爷驮着我看星星，

星星星星一大群。

爷爷教我数星星，

数到东数到西，数也数不清。

爷爷说，

星星星星都会来到我们家，

月亮月亮都会来到我们家，

太阳太阳都会来到我们家。

星星星星特别多，星星星星流成河。

星星星星像我的小蜜蜂。

八

小时候，

祖父领着我数星星，

星星星星数不完。

长大后我领着爷爷数星星，

星星星星数不完。

小时候看星星，星星变成人。

长大后看星星，人变成星星。

九

我思念我的故乡，我思念故乡的亲人。

我思念和祖父祖母一起住过的老房子。

我思念和祖父祖母一起

在院子里枣树下乘凉的时光。

如今，我的思念一片荒凉。

十

祖父种下的杏树，根深叶茂，

花儿开满天，好多孩子围着它。

祖父种下的杏树，枝芽如云。

果儿长满天，好多星星围着它。

十一

祖母想我的时候，

站在寨门口的树下等。

我想祖母的时候，

站在楼房上面等。

一直等到田野里的麦子，

像月亮一样金黄金黄。

一直等到田野里的高粱，

像太阳一样火红火红。

十二

那年中秋，我得到半块月饼。
月饼图案精美，月饼醇香诱人，
月饼闪闪发光。

月饼捧在手中，
看了又看，想了又想，
一口也不舍得吃。

我想把月饼送给太阳，
送给月亮，送给星星。

那年中秋，我得到半块月饼。
送给我月饼的人，
是最可爱最慈祥的祖母。

石头是生命的源头

石头是生命的源头，
石头是生命的尽头。

石头啊，何时离开家乡？
何时天涯海角流浪？
何时重返人间？

石头啊，你是最古老的生命，
你是最年轻的生命，
你是最漂亮的星星，
你是最漂亮的美人。

石头啊，有人转动了你，
有人看到了你，有人变成了你。

开往郑州的列车

开往郑州的列车，是从哪里开来？

车上有没有日日夜夜思念的亲人？

那些年

那些年，家里家外都变了样。
黑夜变得特别黑，特别长。
那些年，天里天外都变了样。
星星来得特别早，走的特别急。

那些年，秋天出现在那里的一组星星，
偏离了自己运行的轨道，
向北方挪动了好远好远距离。

那些年，经过火车站，
走十里夜路到市工人文化官，
凭着工会会员证借阅报刊，
一次只能借一本。

那些年，户外登山，
喜欢一个人拐到山涧里，
在小河里洗澡。
喜欢一个人躺在阳光下，
和山峰对望，和森林交谈。

那些年，听大人们说，
小孩子换牙时，
下面掉的牙一定要扔到房子上，
上面掉的牙一定要扔到下水道里。

深山里迷路的人

深山里迷路的人，在河水里游泳，
在石头上晒太阳。
深山里迷路的人，把石头当兄弟，
把河流当姐妹。

一棵小草

一棵小草有撑破天空的梦想。
一朵小花有开满时空的梦想。
一条小鱼有飞越星球的梦想。
一滴雨水有汇成海洋的梦想。

云之船

云之船乘风远航。
装满名贵珍奇的植物，
装满名贵珍奇的动物，
急匆匆离开了地球，
上面没有一个人。

一台空调

一台空调一个火炉，

一辆汽车一个火炉，

一座城市一个火炉，

一个人一个火炉。

风吹也吹不散，雨浇也浇不灭。

我到过的地方

我到过的地方我都爱，

我经过的国家我都爱，

我遇见的人们我都爱。

我的爱心包容全世界。

教室里的孩子

教室里的孩子想妈妈，
不看黑板望窗外。
妈妈何时来看我，
梦见月亮叫妈妈。

一个孩子在敲门

半夜，一个孩子在敲门。

喊一声爸爸，喊一声妈妈。

喊声循环往复，响彻夜空。

半夜，一个孩子在敲门。

喊一声爸爸，喊一声妈妈。

喊着喊着就哭了。

喊着喊着月亮星星都亮了。

黎明前

黎明前，一个人与一只鸟相遇。
他们呆呆地站在那儿不动，
像两块石头。

呆呆地站在那儿不动，
相互深情地望着对方。
好似一个是天上的星星，
好似一个是地上的星星。

黎明前，一个人与一只鸟相遇。
他们真心希望，相互把真心交换。

我和孩子并排坐着看书

一

我和孩子并排坐着看书，
恍惚间，我变成了孩子。
一座书店，像一座粮仓。

二

有没有黑猫警长？
有没有三毛流浪？
有没有福尔摩斯？
快有一个上午时间，
书店进来一位购书的老人，
声如雷响，惊醒了整个夏天。

深山谷底

深山谷底乱石堆旁，
一段面目全非的树木，
安详地躺在霞光里。

这段树木，
身上有刀枪留下的创伤，
身上有烈火燃烧的痕迹。
向导说，这一棵被人为毁坏的树，
是山里极为珍贵的树种，
常年生长在悬崖峭壁上，
二三百年才长成这样。

一只狗叫

一只狗叫，引起第二只狗叫。

第二只狗叫，引起全村的狗叫。

叫得最狂的狗，心里最虚。

鸟儿留下来过冬

一

鸟儿留下来过冬，
寒冷变得温暖。
鸟儿飞过来吃我的庄稼，
我不认为鸟儿是故意的。

二

石头把爱藏在心里，
花朵把爱露在外面。
一束光犹如宇宙的桥梁，
两束光犹如宇宙的阶梯，
三束光犹如宇宙的理想。

三

鸟儿起得早，

人儿醒得早。

一个人没有志向，

就会落到后面。

一颗树没有志向，

就成不了栋梁。

四

新冠病疫蔓延，

狂风暴雨猛烈。

这个春天不像春天，

这个春天没有一点春天的模样。

我想把这个春天替换。

五

做小小的益虫，
不做大大的害虫。
人类多么不爱护大自然，
大自然就多么不爱护人类。

六

从山中砍伐的树木运往城市，
从山中开采的石头运往城市，
从山中取来的泉水运往城市，
一座大山犹如一座城市的博物馆。

七

钻天的楼房锋利，重度的雾霾重来。
地球啊，我亲爱的母亲，
我多想抱住你亲一亲。
我不嫌你身上的味道，
我不嫌你身上的尘土。
我只想医治你身上所有的伤病。

八

科技进步迅猛，高端武器惊心。

地球啊，我亲爱的母亲，

如果不是为了你清新的空气，

如果不是为了你清洁的河流，

如果不是为了你湛蓝的天空，

如果不是为了你永久的和平，

再先进的科技我也不要，

再高端的武器我也不要。

九

生存环境，不等于环境生存。

人类文明，不能背离大自然文明。

人类文明，就是与大自然和谐相处。

大自然与人类为友。

人类与大自然为敌。

十

时过境迁，物换星移。

转眼间我们衰老，转眼间我们年轻。

昨天，我们像云彩一样交换身体。

今天，我们像浪花一样交换灵魂。

我们身不由己，各奔东西。

我们待在一起，如痴如醉。

十一

时间是物质的时间，看得见，摸得着。

空间是精神的空间，看得见，摸得着。

时间是弯曲的时间，空间是圆满的空间。

时间永远没有源头，空间永远没有终点。

时间与空间永恒，生命与死亡永恒。

时间恰似叶落，叶落恰似空间。

从一片叶子上发现美，经历美。

十二

想风的时候，风就会来，只要想。

想雨的时候，雨就会来，只要想。

所谓天有万双眼，思念人一个。

十三

在网的外面徘徊犹豫，

在网的外面向里面探望。

笼子里面是祈求无助的眼神，

笼子外面是无力救助的眼神。

笼子里面像人，笼子外面也像人。

十四

吱吱，吱吱，

小虫儿歌唱了一个夜晚。

不知疲倦的声音，清清爽爽的声音，

节奏明快的声音，小虫儿歌唱了一个夜晚。

小虫儿和天上的星星合唱。

只要我们爱过的地方

保护环境，

从今天做起，从地球做起，

月亮之上也需要环境环保。

只要我们爱过的地方，

只要我们经过的地方。

为什么

太阳月亮和星星，

为什么那么远？为什么那么近？

太阳月亮和星星，

为什么那么大？为什么那么小？

我们共同拥有一个家

太阳一个家，月亮一个家，
星星一个家。
太阳月亮星星是一家。

你有一个家，我有一个家，
他有一个家。
我们共同拥有一个家。

月 亮

月亮，
美丽多情的姑娘，偏偏爱上，
黑夜情郎。